MES HEURES

DE SOLITUDE

POÉSIES

Par Marc DÉMARIS

LYON

IMPRIMERIE X. JEVAIN

42, RUE SALA, 44

—

1877

MES HEURES

DE SOLITUDE

POÉSIES

Par Marc DÉMARIS

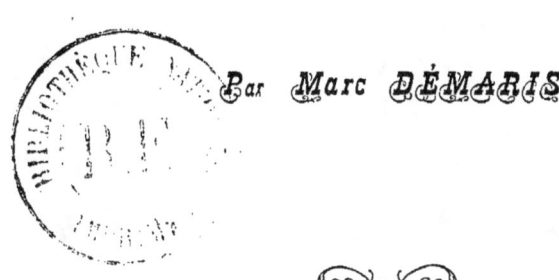

LYON

IMPRIMERIE X. JEVAIN

42, RUE SALA, 44

1877

A Mᵐᵉ ANNA G...

 U Poëte voici l'Hommage,
Dans votre indulgente bonté,
Acceptez, Madame, ce gage
De respect et d'amitié.

Elle est bien humble mon offrande,
Mais j'ai choisi, parmi mes fleurs,
Pour vous tresser une guirlande,
Celles aux plus riches couleurs.

Accordez un peu d'indulgence
A ces premiers et faibles chants ;
Tout mon désir, ma récompense
Seront de vous plaire un instant.

Marc Démaris.

A MA MUSE

Comme l'abeille industrieuse
Dans nos jardins vole joyeuse
Changer en miel le suc des fleurs,
Des légers vers, charmant génie,
Tu fais éclore en harmonie
Tout ce qui vibre dans nos cœurs.

C'est par toi que nos jouissances,
Nos souvenirs, nos espérances
Et nos désirs mystérieux
Modulés en rythme sonore
Comme un parfum qui s'évapore
Vont charmer la terre et les cieux.

Oh ! qui m'indiquera la rive
Où ta demeure fugitive
Se cache aux regards indiscrets ?
Qui, de ton essence éphémère
Pénétrera le doux mystère,
M'en révèlera les secrets ?

Es-tu l'ombre errante d'Orphée ?
Ou quelque gracieuse fée

Volant dans un char enchanté ?
Es-tu le sylphe qui repose
Dans le calice de la rose
Ou sur le sein de la beauté ?

Voles-tu sur ces blancs nuages
Qu'emporte loin de nos rivages
Un vent harmonieux et frais ?
Te caches-tu dans ces vieux chênes ?
Es-tu la nymphe des fontaines
Ou la déesse des forêts ?

Mais non : l'air infect de la terre
Troublerait de ta voix légère
Les sons purs et mélodieux.
Toi chez qui tout n'est qu'harmonie,
Tu dois avoir, divin génie,
Choisi ton séjour dans les cieux ?

Tu dois être l'ange qui vole
Porter quelque douce parole
A ceux qu'affligent les douleurs,
Et se plaisant sous l'humble chaume,
Ne remonte au divin royaume
Que lorsqu'il a séché des pleurs !

Ah ! que souvent sur ma jeunesse,
Ange saint, ton regard s'abaisse !
Je te voue un culte à jamais,
Car j'aperçus Louise la Blonde
Sourire, en son âme profonde
Aux accents que tu m'inspirais !

LA FLEUR CONSULTÉE

> Un jour je m'étais amusé
> à effeuiller une branche de
> saule sur un ruisseau, et
> à attacher une idée à cha-
> que feuille que le courant
> entraînait.
>
> CHATEAUBRIAND.

Triste et pensif, un soir d'automne,
Alors que tout est silencieux,
Alors que le vent monotone
Élève sa voix dans les cieux.

Près de mon grabat, en silence,
La tête en mes mains je rêvais,
Chassant l'importune présence
De ces jours tristes et mauvais.

Sur ma table un bouquet de roses,
D'une amante doux souvenir,
Se flétrissait à peine écloses,
Présageant mon triste avenir.

Et dans mon amère pensée,
Je songeais qu'ainsi dans le cœur
La tendresse, bientôt lassée,
Fuit, cherchant un autre bonheur.

Pourquoi tomber, feuille flétrie!
Ta présence me consolait,
Un seul jour fut toute ta vie!
Chaque heure me la rappelait.

Avant que ta dernière feuille,
Pour toi redoutant ce danger,
Hélas! ne tombe et ne s'effeuille,
Je veux encor t'interroger.

De mon noir chagrin, jeu futile!
Je demande sur l'avenir
A ta feuille, débris fragile,
Ce que mon sort va devenir.

Et j'effeuillais la première
En lui disant un triste adieu;
Bientôt sa dépouille légère
Répondit: « Elle t'aime un peu! »

Je consulte une fleur nouvelle,
Cherchant un présage plus doux;
Et l'oracle à mon cœur fidèle
Répondit: « On t'aime beaucoup!... »

De trop de bonheur on se lasse,
L'augure je poussais à bout:
Cette fois tout espoir s'efface;
Sa réponse fut: « Pas du tout! »

Mon cœur en blâmant sa faiblesse
Ne put bannir un vague effroi;
Je retombais dans ma tristesse
Voyant ces débris près de moi.

Est-ce là toute la tendresse
Qu'à l'espoir promettait ton cœur?
Et devais-je, de mon ivresse
En un jour voir fuir le bonheur?..

Hélas! c'est ainsi qu'est la vie ;
Toute chose a son lendemain ;
Comme la fleur sitôt flétrie,
Le bonheur ne vit qu'un matin.

Je m'éloigne, et mon cœur soupire
Sur le sort que j'osais prévoir,
Et la dernière feuille expire
En emportant tout mon espoir.

LE BOUQUET

Et rose elle a vécu ce que vivent les roses,
L'espace d'un matin.

MALHERBE.

Belle et charmante fleur !
Emblème de douceur !
En ces lieux qui t'amène,
L'amour ou l'amitié ?
Sans doute as-tu pitié
De mes maux, de ma peine ?
Viens-tu me consoler
Dans ma douleur amère,
Partager ma misère ?
Ou viens-tu désoler
Mon âme abandonnée ?
Oh ! cruel souvenir !...
Dis-moi ton avenir,
Ton présent, ta pensée ;

Raconte ton destin,
Vierge douce et timide,
Encore toute humide
Des larmes du matin.
Ta joie est au village,
Là, dans un doux loisir,
A longs traits le plaisir
Te comble, heureuse et sage :
« Je suis fille du ciel,
« Je t'apporte le miel
« Que la légère abeille
« Cueille, quand je sommeille,
« A mon vase doré ;
« C'est la moisson divine,
« C'est l'encens adoré,
« Heureux qui la devine
« Et la cherche en mon cœur !
« De la fille gentille
« Fixée à la mantille,
« J'adoucis la douleur ;
« Je viens sécher ses larmes,
« J'entends battre son sein,
« O bonheur plein de charmes !
« Puisse-t-il être tien !...
« Et ton âme éperdue,
« D'un souvenir d'amour
« Redoute le retour,
« Désire la venue.
« Hume ma douce odeur,
« Conserves-en l'essence ;
« Bonheur, vie et jouissance,

« Doux penser dé mon cœur.

« De mes couleurs admire

« Le reflet éclatant,

« Ton affection s'y mire,

« Y cherche un sentiment :

« Le vert, c'est l'espérance,

« Le blanc, c'est l'innocence,

« Le rose est la pudeur,

« Le rouge est la grandeur.

« Viens, détache les feuilles

« De ce livre charmant,

« Doucement les effeuilles

« Page à page en souriant.

« Crainte douce et plaintive,

« Histoire fugitive,

« Tendre erreur d'un moment,

« De ton cœur c'est l'accent.

« Fille de la nature

« Je prodigue ma fleur.

« J'en couronne l'auteur :

« Ravissante parure

« De la Reine et des Rois,

« Je m'attache aux parois

« Des palais et du chaume ;

« Et mon parfum embaume

« L'asile du proscrit

« Et l'autel de la sainte. »

Merci de ton récit,

Il a calmé ma plainte.

Qu'un rayon de soleil

En descendant du ciel,

Comme en un jour de fête,
Éloigne la tempête
Que redoute ton cœur.
Qu'une douce rosée
Tendrement épanchée
Conserve ta fraîcheur,
Et prolonge ta vie
Au gré de mon désir !...
Mais ta tige flétrie
Déjà fuit le plaisir ;
Je la vois inclinée
Se courbant desséchée.
Quel souffle malfaisant
Vient la faner brûlant ?
« Hélas ! me répond-elle,
« Ainsi, puis sans retour,
« S'efface le beau jour
« Où le ciel me rappelle !...
« Il faut déjà mourir !...
« Telle la providence,
« Par trop de prévoyance,
« Viendra bientôt ternir
« Ta pauvre destinée ;
« Et le soir d'un seul jour
« Finira pour toujours
« Ta triste matinée ! »

LE RÊVE DE LA JEUNE FILLE

« Oh! j'ai rêvé de belles choses!
« Des perles blanches et des roses
« Couronnaient mon front endormi,
« Et devant mes paupières closes
« Les ailes d'un ange ont frémi;
« Sa face était belle et vermeille,
« Sa robe au lis était pareille
« Pour les parfums et la blancheur,
« Et ses lèvres à mon oreille
« Murmuraient le doux nom de sœur.

« Donne-moi ma robe, ô ma bonne,
« Je veux prier notre madone
« Agenoux sur le saint pavé,
« Afin que le bon Dieu me donne
  Tout le bonheur que j'ai rêvé! »

Ainsi, dans sa joie éphémère,
Parlait une enfant à sa mère
Veillant au chevet de son lit,
Et pleine d'une crainte amère
La jeune mère tressaillit.

Quelques jours après, mort cruelle!...
Le rêve s'était accompli...
L'enfant dormait dans la chapelle;
La rose blanche et l'immortelle
S'enlaçaient sur son front pâli.
Des perles d'argent sur la moire
Inondaient la tenture noire
Comme des pleurs tombés des yeux;
Sur son aile un ange de gloire
Emportait sa jeune âme aux cieux!

CE QUE J'AIME

Il faut aimer, puis mourir, puis
aimer encore.

J. P. RITCHER *(Titan.)*

Ce que j'aime c'est la rose
Fraîche éclose
Aux rayons naissants du jour,
Et qui de son vert calice
Qu'elle plisse
Fait élargir le contour.

J'aime à la fleur qui s'éveille
Voir l'abeille
Enlever son doux trésor,
Petite poussière jaune
Qui nous donne
Un beau miel de couleur d'or.

Ce que j'aime, c'est un songe,
Doux mensonge,
Qui fait le sommeil léger ;
Où, d'une aile que je touche
Sur ma bouche
Vient une ombre voltiger.

Ce que j'aime c'est l'aurore
Que colore
L'œil humide du matin,
Quand le ciel qui se découvre
Luit et s'ouvre
Comme un voile de satin.

J'aime voir une nacelle
Qui chancelle
Se balançant sur le flot,
Et comme un enfant qu'on berce
Se renverse
Pour remonter aussitôt.

J'aime aussi voir la chevrette
Sur la crête
D'un mont d'herbes clair-semé,
Où sa barbe qui se penche
Toute blanche
S'enlace au thym parfumé.

Sur le bord d'une fontaine
  Où lointaine
Vient l'aurore se mirer,
Seul au bois j'aime m'étendre
  Pour l'entendre
Sous l'ombrage soupirer.

J'aime voir une prairie
  Qui fleurie
Etale ses verts tissus,
Demandant à la nature
  Sa pâture,
L'oiseau becqueter dessus.

Sur un lac j'aime la brise
  Qui le frise
En autant de nœuds mouvants
Que l'on voit sur nos rivages
  De feuillages
Trembler au souffle des vents.

Ce que j'aime c'est le pâtre
  Qui, vers l'âtre,
A la fin de son troupeau,
S'en revient de la colline
  Et s'incline
Recouvert de son manteau.

J'aime une belle soirée
     Où moirée
Sur nos fronts brille la nuit ;
J'aime le chant maritime
     Sur l'abîme
D'une barque qui s'enfuit.

Quand de son char de victoire
     Dans sa gloire
Le soleil nous dit adieu,
Je crois voir sous un étage
     De nuage
Remonter la main de Dieu !

LE PÉCHÉ VÉNIEL

De sept péchés au moins par jour
Au juste on tolère la dose,
A la femme on peut à son tour
Tolérer aussi quelque chose ;
Mais il est un péché mignon
Qui chez le beau sexe domine ;
Il faut nous armer d'un lorgnon
Et chercher... heureux qui devine !...

Chez la petite fille on voit
Un penchant pour la friandise
Qui, croissant chez plus d'une, doit
S'appeler un jour gourmandise ;
Mais ce n'est qu'une exception,
L'homme est plus glouton que la femme.
Rentrons donc dans la question
Que soulève notre programme !...

Les péchés capitaux, d'ailleurs,
Échappent à notre contrôle,
N'allons donc pas, en rimailleurs,
Nous écarter de notre rôle ;

Avarice, luxure, orgueil,
Fureur, paresse et jalousie
Apparaissent trop vite à l'œil.
Et la femme les répudie.

Je songeais à la vanité
Ou bien à la coquetterie,
Mais de la sœur de charité
Le dévouement proteste et crie...
Un auteur dit que dominer
Est un des besoins de la femme...
J'incline à le lui pardonner
Pour attaquer une autre gamme.

Un plaisant vient de me glisser
A l'oreille le mot : Caprice,
Ce mot, en effet, sans blesser
Peut, il me semble, entrer en lice.
Mais doit-on y voir un péché ?
Il est de si charmants caprices !
Et qui parmi nous n'a cherché
A se les rendre un jour propices ?

Je crois avoir enfin trouvé,
Mais hélas ! mesdames, je n'ose ;
Pourtant mes vers vous ont prouvé
De respect une forte dose :
Eh ! bien, ce péché véniel
Entrevu par notre programme,
C'est... le babil qui, miel ou fiel,
Sort de la langue de la femme.

LE BONHEUR

Qu'est-ce que le bonheur, dites-moi, Félicie?
Est-ce d'éclabousser les passants sur un char?
Est-ce d'entasser l'or de la Californie
Ou de gouverner seul comme un autre César?

C'est peut-être au plaisir donner toute son âme,
Livrer son cœur entier aux folles passions,
Ou bien, d'un chaste amour prostituant la flamme,
Marchander ses faveurs et ses affections?

Est-ce de recueillir, d'une foule enivrée,
A la lueur d'un gaz, les bravos éclatants?
Est-ce encor d'étaler, orgueilleuse et parée,
Aux regards des flatteurs mille attraits séduisants?

Est-ce de s'adonner aux plaisirs de la table?
De faire de son corps et de son ventre un dieu?
Est-ce de s'enivrer d'un nectar délectable
Qui dessèche le cœur et met la tête en feu?

C'est sans doute aux combats cueillir de la victoire,
Modernes demi-dieux, les lauriers triomphants,
D'un Virgile nouveau s'attribuer la gloire,
Ou porter jusqu'aux cieux des problèmes savants?

Si c'est là le bonheur, il est bien peu de chose,
Et d'un rêve si court bien triste est le réveil.
Si le bonheur est là, d'un destin si morose
J'abandonne mes jours à l'éternel sommeil.

Oh ! non, vous l'avez dit, charmante Félicie,
Il faut pour notre cœur de plus puissants appas,
Et c'est avoir un sort bien peu digne d'envie
Que goûter des plaisirs qui ne satisfont pas.

Ainsi donc, ni l'éclat, ni l'or, ni la puissance,
Ni l'orgueil du succès ne donnent le bonheur.
Ils pourraient y conduire... hélas! notre inconstance
Pour nous en fait toujours l'instrument du malheur.

Selon moi, le bonheur! il est dans la famille,
Auprès de bons amis, au foyer paternel!
C'est de se trouver deux quand l'étoile scintille,
Et de parler d'amour sous les regards du ciel!

C'est à l'âme d'un autre assimiler son âme,
Avec un autre cœur c'est confondre son cœur,
C'est partager à deux la sainte et chaste flamme,
En un seul être deux : voilà le vrai bonheur!

TRISTESSE

D'où me vient aujourd'hui cette mélancolie ?
Ce vague ennui du cœur, ces larmes dans les yeux ?
Cette sombre tristesse à la quelle je lie
Mes rêves d'avenir purs et délicieux ?

D'où vient que je renonce aux biens de l'existence ?
Que triste et sans couleur m'apparaît mon destin ?
Solitaire et pensif, et cherchant le silence,
D'ou vient que mon front brûle et tombe dans ma main ?

Et puis j'ai tant besoin qu'une larme m'arrive !
Une larme ! une larme allégerait mon cœur ;
Gage pur et sacré d'une tendresse vive,
Une larme, je crois, me rendrait le bonheur !

Ah! je sens le besoin qu'un regard me console
Qu'un seul soupir d'amour arrive enfin vers moi.
Je voudrais deux beaux yeux, une douce parole;
Une femme qui dise: « Ah! je n'aime que toi! »

Et puis, je veux aussi que son cœur me comprenne,
Et n'avoir qu'un espoir avec elle ici-bas.
Comme deux malheureux portant la même chaîne,
Je voudrais l'adorer et baiser tous ses pas.

Je voudrais la prier et l'aimer avec larmes,
La porter dans mon cœur, la bénir comme Dieu:
A moi qu'il serait doux, en contemplant ses charmes,
De lire sa tendresse à travers son œil bleu!

Sa voix, sa pure voix, comme un concert des anges,
Viendrait m'initier aux doux accents des cieux,
Et me révèlerait de ces choses étranges
Qui font passer en nous des songes gracieux.

Mais je suis seul! tout seul au chemin de la vie,
Comme un pauvre captif assis sur un rocher:
Mes yeux versent des pleurs, sans qu'une main chérie
Vienne les essuyer.

SUZANNE

A vous des vers aussi, ma joyeuse Suzanne,
Ces pâles diamants qu'une plume profane
Ne refuse jamais au front de la beauté.
A vous aussi les chants de la voix du poëte,
Vous qui ne seriez pas insensible, muette,
S'il implorait un soir votre hospitalité.

Vous êtes belle et vive, aimante, insoucieuse,
Vos yeux sont noirs et beaux ; votre bouche rieuse
S'ouvre comme un fruit mûr d'une suave odeur ;
Vos dents brillent toujours comme des perles blanches
Et votre chevelure, en tombant sur vos hanches,
Semble un voile d'amour, de grâce et de pudeur !

Que j'aime votre robe en sa façon modeste,
Dessinant à ravir une taille céleste ;
Votre léger foulard aux brillantes couleurs ;
Le tablier soyeux vous serrant avec grâce ;
Ces luisants brodequins tenant si peu de place,
Commodes pour courir dans la campagne en fleurs.

J'aime à vous voir aussi ma fraîche bayadère,
Tourner sur le parquet en sylphide légère,
Laissant se dérouler vos boucles de cheveux;
Puis venir près de nous bien haletante et vive,
Solliciter nos sens à la danse lascive,
Où vous tracez en rond des pas voluptueux.

J'aime à vous voir encor, dans une gaîté folle,
Chanter naïvement la lente barcarolle,
Où je puis m'enivrer de la plus douce voix;
Puis, la chanson d'adieu, chanson aérienne,
Tombant comme l'écho d'une blanche sirène
Que j'ai pu recueillir, écouter bien des fois.

Oh! quand donc voudras-tu, ma brune tant jolie,
Marier ton amour à ma mélancolie,
Laisser ma main furtive errer sur tes genoux,
M'inviter à savoir les plaisirs de ta couche,
Et me laisser cueillir sur ton front, sur ta bouche,
Les baisers de l'amour, dont le baume est si doux ?

Mais puis-je vous offrir en ce divin échange
Les bagues, les croix d'or que vous aimez, mon ange?
Non, je n'ai pas d'écrin à boîte de velours,
Je suis pauvre en ce monde, et ma vie inquiète
Se passe au jour le jour : n'aimez pas le poëte
Qui ne peut vous donner que ses seules amours.

LE BOUTON DE ROSE BLANCHE

L'œil du jour n'avait pas de son brillant regard
Brûlé la belle fleur, que ma main, au hasard,
Ravît au rosier blanc, sans être épanouie.
Les suaves parfums du bouton virginal
Erraient, mystérieux comme notre idéal,
Cette autre belle fleur dans l'âme réjouie.

Oh ! je me repentis, j'eus peur et je tremblai,
Lorsque je me glissai dans l'alcôve pudique
Où l'enfant, qui dormait, dans son rêve angélique
Laissait voir sur sa bouche un sourire perlé.
C'était un frais boudoir, tout rempli de silence,
Où vous montaient au cœur bien des émotions.
C'était un oasis embaumé d'innocence,
Où les molles fraîcheurs et les séductions
Se jouaient à l'entour de sa couche de fée.
La lumière tremblante et passant étouffée,

Épandait autour d'elle un tendre et blanc rayon,
Tout était harmonie, amour pur, soie et gaze
Et, sans me détourner de cette douce extase,
Je me laissai ravir à cette attraction.

Respectueusement, dans ce calme suprême,
Je me penchai pour voir la blonde enfant que j'aime,
Des grappes de cheveux descendaient sur son cou :
Dans son doux nonchaloir plein de coquetterie
On pouvait admirer, sous sa lèvre fleurie,
L'ivoire de ses dents, blanches à rendre fou.

Les ondulations de son visage calme
Reflétaient les émois qu'un ange, de sa palme,
Faisait courir sur elle en éclairs de bonheur.
Alors, je l'effleurai de ma lèvre craintive,
Mais elle recula comme une sensitive,
Et le rose incarnat colora sa blancheur.

Le bouton s'enfonça sous ses épaules chastes,
Et dans le mouvement de ce léger éveil,
Je me tins à l'écart, pour jouir du contraste
Qui devait succéder à ce tendre sommeil.

Elle allongea ses doigts sur ses blondes paupières,
Et le jour tout à coup noya ses grands yeux bleus,
Puis, comme un jeune oiseau chantant dans les bruyères,
Son gosier roucoula quelques vers amoureux.
Ses cheveux dénoués se roulaient sur sa hanche,
Et son regard distrait trouva ma rose blanche.

Comme la fleur éclose au solstice d'été,
Elle rougit, pareille à la rose elle-même ;
Le bouton sur son cœur lui semble son emblême :
Mais elle sent déjà sa tiède volupté ;
Sur le souple coussin elle tombe affaissée,
Son regard indécis consulte le miroir ;
Elle est inquiétée, et sa jeune pensée
Rêve un premier désir dans un premier espoir.

Le bouton blanc s'échauffe au doux sein qui le presse,
Sa corolle élargie est heureuse du jour,
Et la vierge et la fleur, sentant la même ivresse,
Échangent à la fois un même aveu d'amour.

SOUVENIR D'ALORS

POÈME EN QUATRE CHANTS

I

Nous étions tous les deux sur un tapis de mousse ;
Le champagne jaseur nous prodiguait sa mousse.

II

Nous n'avions pas besoin, ce soir-là, d'échansons...
Nous effeuillions gaîment des fleurs et des chansons.

III

Elle et moi, nous disions des choses inconnues,
Notre ivresse semblait s'élever jusqu'aux nues.

IV

Lise, alors, m'adressa ces mots libres et francs :
« Je n'ai plus un radis ! vieux, prête-moi vingt francs. »

SOIR D'AMOUR

Je me souviens encor de la tiède soirée
Où je t'ai dit le mot des anges et de Dieu,
Où ta main dans ma main vaguement égarée
Se prit à tressaillir à ce bien cher aveu.

C'était un soir de mai... les douces giroflées
De leurs frais bouquets d'or avaient paré le sol ;
Nous cherchions ce parfum des désertes allées
Où les acacias cachent le rossignol.

Les brises de l'été jouaient dans les vieux saules ;
Le lac nous présentait son miroir argenté ;
Avec ses blancs rayons, glissant sur tes épaules,
La lune y reflétait sa pâle majesté.

Tout était harmonie et silence et mystère :
L'ange nous enviait ce bonheur surhumain,
Notre extase d'amour n'avait rien de la terre ;
Mais pourquoi ce bonheur fut-il sans lendemain !

A VOUS

Tout est pur en votre âme ainsi que dans vos yeux.
Un riant avenir, aux rêves gracieux,
    Vous montre ses mirages.
Vous voyez tout azur dans votre si doux ciel,
Des abeilles qui vont en butinant leur miel
    Sous des cieux sans nuage.

Confiant à l'espoir, vous livrez tous vos vœux
Au vent qui les caresse, ainsi que vos cheveux
    Dénoués à la brise;
Et votre jeune cœur, rempli d'émotions,
Croit toujours se bercer des douces illusions
    Que la vérité brise.

Et roulant sous vos doigts le coquet éventail,
Qui, de vos yeux brillants voilant le doux émail,
    Montre votre main blanche,
Pour vous tout devient joie, une bague, un gant frais,
Dans son vif incarnat, sur vos cheveux de jais,
    Une rose qui tranche.

Sous les mille clartés des soleils de cristal,
Vous aimez à montrer de vos robes de bal
    Le fine broderie,
Et la valse écartant votre fichu soyeux,
Fait bien rapidement passer devant vos yeux
    Grâce et coquetterie.

Enfantine et folâtre, ah ! vous ne savez pas
Que les fleurs de l'amour que rencontrent nos pas
    Tombent bientôt fanées.
Et qu'il faut les cacher bien au fond de son cœur,
Pour les soustraire au souffle avide et destructeur
    Des rapides années.

Soyez toujours ainsi, soyez ainsi toujours;
Couronnez-vous de fleurs, aimez les frais atours
    Et les robes légères;
Détournant les regards du nuage épaissi,
Ecoutez nos chansons et chantez-les aussi,
    En riant aux chimères !

Puis donnez, mais plus tard, ce beau fruit de l'espoir,
Que l'on cueille souvent au rendez-vous du soir,
    Parlant de tendres choses...
Vous si pleine de grâce et de timidité,
Vous qui réunissez les traits de la beauté
    Et la fraîcheur des roses.

OH! QUE J'EN AIMAIS UNE

Quand notre âme, blasée aux faux plaisirs du monde,
Cherche à se recueillir dans une paix profonde,
Et ressent le besoin d'aimer et de bénir,
Oh! bien heureux celui qu'un reste de croyance
Entraîne quelquefois à prier en silence
    Le Dieu qui fait notre avenir.

Et moi, bien que le doute ait germé dans mon âme,
La prière parfois sur ses ailes de flamme
M'enlève à cet exil où se traînent mes jours:
Puis, reprenant bientôt sa première énergie,
Mon âme croit encore au bonheur dans la vie,
    Et rêves de chastes amours.

Et je ne suis plus seul, isolé sur la terre,
Seul, errant où je suis, cachant avec mystère
Tous les vœux refoulés que je porte en mon cœur;
Mais trouvant un écho pour ma voix faible et tendre,
Tout sourit près de moi, tout semble me comprendre
    Et me répondre avec douceur.

M'abandonnant alors aux molles rêveries,
M'apparaissent soudain les chimères fleuries
De mes premiers beaux jours, changés en souvenirs;
Assemblage charmant de fraîches jeunes filles,
Tour à tour je les vois au sein de leurs familles
    M'associer à leurs plaisirs.

Oh! que j'en aimais une! une blonde folâtre,
Avec ses yeux si beaux dont j'étais idolâtre,
Avec son frais sourire, plein de grâce et d'attrait ,
Ange me révélant son essence divine,
Et gravant dans mon sein le nom de Joséphine,
    Nom que je bénis à jamais.

Rose blanche posée au sein des violettes,
Que de coquetterie en ses fraîches toilettes !
Qu'elle connaissait bien les secrets du boudoir !
Sa longue chevelure, avec soin disposée,
Tombait en boucles d'or sur sa gorge rosée
    Qu'enfermait mal le satin noir.

Quel bonheur de la suivre aux vêpres du dimanche.
De la voir à genoux, avec une âme franche,
Mêler sa voix suave aux hymnes du Seigneur,
Puis de suivre parfois, sous sa paupière humide,
Son regard à la fois et brûlant et timide,
     Où je sentais fondre mon cœur.

Elle et moi, seul à seul, renfermant en nous-mêmes
L'aveu, le pur aveu des délices suprêmes,
Nos yeux seuls se parlaient un langage divin,
Respectant sa candeur, j'aurais craint de lui dire
Combien mon cœur battait d'amour et de délire
     Quand ma main rencontrait sa main.

Si pour compagne, un jour, j'avais eu cette femme,
Quel immense bonheur coulerait dans mon âme !
Elle m'eut fait rêver les songes d'Amadis ;
Elle eut été pour moi constamment belle et sainte ;
Ses pieds eussent foulé le lis et l'hyacinthe,
     Comme son ange au paradis.

Pareilles aux doux sons qu'un vent du soir soupire,
Blanches illusions, filles au doux sourire,
Tout s'est évanoui pour ne plus revenir !
Mais conservant encore une frêle espérance,
Sa lueur se reflète à ma pâle existence ;
     Le Seigneur peut la refleurir.

LA POÉSIE

Les Poètes sont des oiseaux,
tout bruit les fait chanter.

CHATEAUBRIAND.

La foi et l'amour, voilà les
deux ailes de la Poésie.

M** DE FOUDRAS.

Qu'est-ce donc que la Poésie ?...
C'est notre premier sentiment,
C'est une sublime harmonie,
Le soupir de l'homme en naissant ;

La voix douce et mélodieuse
Parlant toujours à notre cœur ;
C'est la voix triste et langoureuse,
S'épanchant sur notre douleur.

De Jéhovah c'est le langage
Se manifestant aux mortels;
C'est le chant qui, du vert bocage,
S'élève au mondes éternels.

C'est la chaîne mystérieuse,
Dont les anneaux purs et sacrés
Tiennent cette terre fangeuse
Aux cieux étroitement liés.

C'est encore l'hymne de gloire
Des séraphins dans leurs concerts,
Célébrant en chœur la victoire,
Les grandeurs de Dieu, dans les airs.

Ce sont, comme un temple sonore,
Les sublimes élans du cœur
Qui résonnent; ou bien encore
La lyre vibrant au bonheur.

C'est le délire de la joie,
Le doux soupir de l'amitié;
C'est la souffrance qui se noie
Aux larmes de la charité.

Le pur encens de la prière
En parfums montant vers le ciel,
De l'amour, c'est la voix légère
Répandant ses douceurs de miel.

Tout ce qui peut ravir notre âme,
En un mot tout nos sentiments ;
Le tendre amour aux jets de flamme,
La tendresse des cœurs aimants.

Tout ce qu'a fait l'Etre Suprême :
Le monde, les astres, les cieux,
L'homme, les anges, Dieu lui-même :
Est chant poétique, harmonieux.

LE VAL D'ARNO

Qu'ils sont beaux les paysages,
      Les ombrages
Des bords heureux de l'Arno !
Guirlandes d'îles fleuries,
      Broderies
Qui se reflètent dans l'eau.

On entend les molles brises
      Comme éprises
Dans les pins, verts parasols,
Laissant balancer leur ombre
      Fraîche et sombre
Sur le nid des rossignols.

Sur les monts, les lauriers roses
Et les roses
Embaument l'air de parfums,
Et la vierge les effeuille
Ou les cueille
Pour fleurir ses cheveux bruns.

Oasis suave et fraîche
Où la pêche
Est cueillie aux espaliers,
Où l'oranger à fleurs blanches
Sur ses branches
A des fruits d'or par milliers.

L'Arno, roulant ses eaux bleues,
A vingt lieues,
Semble un transparent miroir;
Et les parfums des prairies
Si fleuries
Se mêlent au vent du soir.

Légère quand elle vogue,
La pirogue
Prends les ailes de l'oiseau,
Ou, dans un tendre silence,
Se balance
En dérivant à vau-l'eau.

Ou promène sur les grèves
    Les beaux rêves,
Les rêves que nous formons
La nuit, quand Phœbé sereine,
    Bonne reine,
Nous couvre de blancs rayons.

C'est là que la vie heureuse,
    Paresseuse,
S'écoule comme un beau jour ;
Où notre âme peut, meurtrie
    Et flétrie,
Trouver un dernier amour.

LAMENTO

La campagne riait d'un rire de printemps,
Les oiseaux, dans le ciel, célébraient le beau temps:
— Vous en souvenez-vous? je vous disais, madame,
Des vers dont les accents semblaient ouvrir votre âme,
C'était *Graziella* que je lisais ainsi....
Votre cœur et vos yeux me jetaient un merci,
Votre main dans ma main tremblait... moi, sans mystère,
Je fermai mon volume et ne sus que me taire.
Pouvais-je donc parler? de vous j'étais épris!
Vous aviez vu mon cœur et vous me l'aviez pris.
Dans vos filets d'amour je me suis laissé prendre!!!
Vous sembliez alors, madame, me comprendre.
Depuis, j'en suis certain, n'allez pas le nier,
Vous me laissez en plan pour un carabinier.

SATYRIASIS

Le bonheur que je veux, c'est l'amour, bien suprême,
Où brille l'idéal dans un autre soi-même.
C'est l'amour confiant avec sa volupté
Charmante à savourer comme un beau fruit d'été.

Si votre bleu regard tombait sur moi, madame,
Une ivresse divine exalterait mon âme :
Dans cet amour craintif qui tremble devant vous,
Triste, je n'irais plus me poser à genoux;
Mais, joyeux cavalier, fier et levant la tête,
Je me couronnerais de guirlandes de fête.

Ah! combien j'ai rêvé ce bonheur ! que de nuits
J'ai fermé la carrière à mes sens insoumis ;
Que de fois j'ai voulu, jeune, voluptueuse,
Enserrer dans mes bras une femme amoureuse...
Océan de bonheur, de plaisirs inconnus,
Coller ma lèvre ardente au marbre des seins nus !

Dans le rose boudoir où le jour tombe à peine,
Sur la molle ottomane aspirer une haleine
Qui passe lentement et baise vos cheveux ;
Écouter une voix d'où tombe l'ambroisie,
Musique aux notes d'or, perles de poésie
Roulant au fond du cœur un concert merveilleux.

La robe dans vos mains doucement dégrafée
Vous livrant tout à coup une taille de fée,
Le corset blanc, prison qui va s'ouvrir pour vous,
Entendre son doux bruit quand elle le délace,
Puis la voir attendrie, échevelée et lasse,
Apparaître bientôt sans les voiles jaloux.

Sur vos genoux tremblants coquettement assise
Avec sa beauté nue en légère chemise
Laissant voir ses beaux pieds, faits pour fouler les fleurs
Sentir le doux contact de sa chaleur si fraîche,
Admirer à sa joue un fin duvet de pêche
Où la fleur grenadine étale ses splendeurs.

Quoi! ce bonheur existe! à l'aise dans sa couche
L'amant divinisé, sur une rose bouche
Peut cueillir des baisers, se pâmer et mourir!
Dans le loisir des nuits, libres et sans contrainte,
Ils peuvent se presser dans de folles étreintes,
Comme deux fleurs de juin qu'un zéphyr vient unir.

Oh ! ne me lisez plus, laissez là cette page
Où vient se dérouler une amoureuse image;
Laissez-moi rêver seul à l'ivresse des nuits,
Laissez-moi vous aimer enfin tel que je suis,
Fou, cherchant un bonheur au fond de chaque chose :
Dans la femme, l'amour; dans un jardin, la rose,

A MARIE LOUISE P....

—

Le bonheur est partout lorsque l'on a votre âge,
Enfant! mais rien ne peut arrêter au passage
        Votre printemps d'amour.
La jeunesse et la joie ont des ailes pareilles;
Chacun prend une fleur dans leurs fraîches corbeilles
        Et la fane à son tour.

Mᵐᵉ MENNESSIER-NODIER.

De liberté toujours jalouse,
Folâtre enfant aux blonds cheveux,
Suis-moi sur la verte pelouse,
Et dis-moi ta peine et tes vœux.

Ni le zéphir ni la parole,
Louise, ne sont aussi légers
Que ta course; et l'oiseau qui vole
Fuit moins vite aux verts orangers.

Veux-tu dépouiller la prairie,
Et tu me jetteras des fleurs,
Avant que l'orage en furie
Les porte aux torrents voyageurs.

De roses tresse une couronne
Pour ceindre ton virginal front,
Avant que l'hiver les moissonne;
Demain elles s'effeuilleront !

Profite, enfant ! de ton jeune âge,
Hélas ! tout a son lendemain :
La beauté passe, craint l'orage,
Et son soir touche à son matin.

Et ta belle âme est sans alarmes,
Jamais un intime chagrin !...
Ta joue, au feu brûlant des larmes
Jamais n'a terni son satin.

Que jamais Dieu, sur ta jeunesse
Ne verse une seule douleur !
Qu'il te trame des jours d'ivresse,
Refusés à mon triste cœur.

LE DERNIER POÈTE

Poêtes, êtes-vous las de la poésie?
Quand aurez-vous fini votre chant éternel?
La corne d'abondance est-elle enfin tarie?
Reste-t-il quelques fleurs au jardin immortel?

Tant que, sous la voûte éthérée,
Radieux, brillera le soleil;
Qu'une face, vers lui tournée,
Viendra saluer son réveil;

Tant qu'après la pluie et l'orage,
Au plus haut des cieux, l'arc d'union
Se montrera dans le nuage,
Gage de conciliation :

Tant que la nuit, de ses étoiles,
Parsèmera le firmament ;
Que le vent enflera les voiles,
Sillonnant le vaste Océan ;

Tant qu'il restera sur la terre,
De misères ce triste lieu,
Un homme voyant la lumière,
Et comprenant la voix de Dieu ;

Tant qu'une étincelle de flamme
Jaillira comme d'un brasier
De tout cœur, ou bien de toute âme,
Qui saura sentir et aimer ;

Tant que la forêt murmurante,
Sur le voyageur fatigué
Répandra, douceur attrayante !
Les parfums d'un souffle embaumé ;

Tant que la rose épanouie,
Embellira le doux printemps ;
Tant que les jours, dans cette vie,
Couleront joyeux et riants ;

Qu'un glas lugubre et funéraire,
Glacera les cœurs attristés;
Tant que les tombeaux sur la terre,
Seront tristes sous leurs cyprès;

Tant qu'un œil versera des larmes,
Et qu'un cœur pourra se briser;
La poésie aura des flammes,
L'on continuera de chanter!

Mais la main du Seigneur aujourd'hui se repose,
Et cette main de fer retient la création,
Comme une de ces fleurs nouvellement éclose,
Qu'un seul jour voit flétrir après sa floraison!

Attendez un instant que cette fleur se fane,
Que cette terre soit jetée au gré du vent:
Vous pourrez demander, mais alors seulement,
S'il a cessé, le chant éternel et profane.

PRIÈRE

Prions toujours, prions sans cesse,
Pour nos frères, pour nos amis,
Dans la douleur, dans l'allégresse,
Pour nos plus mortels ennemis!

Au ciel, adressons notre prière,
Pour ceux qui reposent en paix
Sous le marbre ou sous l'humble pierre :
Tous ils ont droit à nos regrets.

Donnons notre prière en ce monde,
C'est l'aumône de tout bon cœur;
Riches ou pauvres, vice immonde,
Donnons à tous, même au Seigneur!

Imp. X. Jevain, rue Sala, 42 et 44.

www.ingramcontent.com/pod-product-compliance
Lightning Source LLC
Chambersburg PA
CBHW060813180626
46818CB00002B/814